詩

illustration & essay
park kwang soo

目次.

당신, 잘 지내나요?

그때는 미처 몰랐던 것들

내 곁에 네가 있어 참 다행이다

序文.

중학교 시절 가장 불티나게 팔리는 연습장은 피비 케이츠나
소피 마르소 사진이 크게 인쇄된 연습장이었다.
그런데 나는 남들과 다르게 보이고 싶은 마음이 있었는지 외국 여배우의
사진 대신 시와 그림이 그려진 연습장을 사곤 했는데, 그때 가장 많이
인용되던 시는 박인환의 '목마와 숙녀' 혹은 한용운의 '님의 침묵' 등이었다.

고등학교 시절에는 유안진의 시 '지란지교를 꿈꾸며'가 대유행이었다.

당시의 나는 그 시를 다 외워서 암송하는 것은 물론이고

마음에 드는 여학생에게 그 시를 직접 써서 건네곤 했다.

지금과 마찬가지로 잘생기지는 않았지만

주변 사람들로부터 손 글씨가 예쁘다는 말을 듣는 나에게

시는 작업 성공률을 높일 수 있는 비장의 무기였다.

그래서 시집을 읽다가 누군가를 좋아하는 내 마음을 대변해 주는 문장을

만나면 얼른 노트에 베껴 두었고, 그렇게 베껴 둔 시들 중

고심 끝에 한 편을 골라 내 마음을 전하곤 했다.

물론 부치지 못한 시가 더 많았다.

누군가에게 부치지 못한 시와 함께 덩그러니 남은 내 마음을

위로해 준 건 시 낭송 LP들이었다. 나보다 여덟 살 더 많은 둘째 형이

음악을 좋아해 당시 우리 집에는 LP판이 무지 많았고,

그중에는 팝송이나 재즈에 목소리 좋은 여배우나

성우의 시 낭송을 함께 녹음한 LP판들이 꽤 있었다.

나는 그 LP판을 들으며 시에 취하곤 했다.

그래서일까.

누가 읽으라고 강요한 것도 아닌데 그렇게 자연스럽게
시를 접하게 되었고 어쩌지 못하는 마음을 달랠 길이 없을 때마다
시를 읽기 시작했다. 날씨가 쨍하니 맑으면 맑은 대로,
기분이 나쁘면 나쁜 대로 시집을 펼쳐 읽다가 마음에 드는 시를 만나면
그냥 좋았다. 그렇게 좋은 시 한 편을 건져 올린 날이면
밥을 안 먹어도 배가 부른 것 같았다.
물론 기분만 그랬다는 얘기지 밥을 안 먹었다는 얘기는 아니다.
그런 내가 가장 좋아하는 시는 김영승 시인의 '반성 16'이다.

술에 취하여
나는 수첩에다가 뭐라고 써 놓았다.
술이 깨니까
나는 그 글씨를 알아볼 수가 없었다.
세 병쯤 소주를 마시니까
다시는 술 마시지 말자
고 써 있는 그 글씨가 보였다.

처음 이 시를 발견하고 나서 '와!' 하고 감탄을 했다.
어쩌면 이렇게 내 마음을 잘 표현해 놨을까.

번번이 후회할 행동을 하고 반성하지만 참 변하지 않는 나에게

'반성 16'은 자화상과도 같은 시다.

하지만 김영승 시인에게 감탄만 했던 것은 아니다.

그런 좋은 글을 쓸 자신도 없고 쓰지도 못하는 나는 감히 그를

질투했더랬다. 하긴 내가 질투한 시인이 어디 한두 명이랴.

나는 아주 어린 시절부터 그림을 그렸고, 주변 사람들로부터

그림을 잘 그린다는 이야기를 많이 들었었다.

하지만 나는 그림 잘 그리는 사람보다 글을 잘 쓰는 사람이 부러웠다.

그중에서도 시를 쓰는 시인의 재능이 부러웠다.

사람들이 자신에게는 없는 타인의 재능을 더 부러워하는 것처럼 말이다.

그런데 우연히 어떤 책에서 독일의 시인 릴케가 쓴 글을 읽게 되었다.

"일찍 시를 쓰면 별로 이루지 못한다.

시인은 벌이 꿀을 모으듯

한평생 의미를 모으고 모으고 모으다가

끝에 가서 어쩌면 열 행쯤 되는

좋은 시를 쓸 수 있을지도 모른다.

시란 사람들이 생각하듯 감정이 아니기 때문이다.

시는 체험이다.

한 행의 시를 위해 시인은

많은 도시, 사람, 물건들을 보아야 한다."

그만큼 시인들에게 시 한 줄이란 몇 날 며칠,

혹은 몇 년이 걸릴지도 모르는 고통스런 작업이었던 것이다.

이 글을 본 뒤로 나는 치기 어린 질투심을 깨끗이 버릴 수 있었다.

지금처럼 좋은 시를 만나 그 시로 인해 내가 조금이나마

행복해질 수 있다면 그것으로 된 것이다.

유치한 연애시를 좋아하던 학창 시절을 지나

어느 순간 나이 들어 버린 나에게 시는 많은 생각을 하게 만든다.

심각한 말썽꾸러기였던 10대의 나를 측은한 눈으로 돌아보게 만들고,

막연히 모든 것이 두려웠던 20대의 나를 이해하게 만들고,

파란만장했던 30대의 나를 웃음으로 껴안게 만든다.

그리고 삶의 많은 것들을 실패하며 살다 보니

알게 된 소중한 사실 하나가 있다.

모두 혼자 살아가는 것 같지만 세상에 존재하는 모든 것들은

대부분 다른 것들에 기대어 산다는 것이다.

꽃은 바람에 기대어 살고, 바람은 구름에 기대어 살며,

상처받고 또 상처받아도 사람은 사람에 기대어 산다.

그래서일까?

외로운 날에 시를 읽으면 문득 누군가가 그리워진다.

정채봉 시인의 '엄마가 휴가를 나온다면'을 읽으면

치매로 요양 병원에 계신 엄마가 저절로 떠오르고,

오세영 시인의 '언제인가 한번은'이란 시를 읽으면

젊은 나이에 너무 일찍 세상을 떠나간 동생 재규가 생각난다.

시를 읽으며 누군가를 떠올렸을 때 어떤 기억은 쓰리고 아프며,

어떤 기억은 나를 저절로 미소 짓게 만든다.

나는 어떤 시를 닮았을까?

그들에게 나는 어떤 기억으로, 어떤 시처럼 남아 있을까?

돌이켜 보면 나도 지금껏 살면서 참 많은 사람들을 만났다.

그러나 지금 내 곁에 남아 있는 사람은 그리 많지 않다.

그 사실이 조금은 나를 슬프게 하고, 조금은 쓸쓸하게도 하지만

괜찮다. 용서를 빌 사람에게는 용서를 빌면 되는 일이고,

나한테 큰 상처를 준 사람은 잊으면 될 일이다.

그리고 살면서 내가 잘해야 하는 사람들은

지금껏 내가 무슨 짓을 했건 간에 내 곁에 남아 있는 사람들이다.

바람이 불거나 비가 오거나 눈이 오거나 하늘이 맑거나

별이 유난히 총총한 저녁 문득 사람이 그리운 날엔 난 시를 읽는다.

당신은 지금 뭐하고 있을까?

누군가와 수다를 떨고 있을까?

아주 가끔 나처럼 그 옛날의 서로를 생각하고 있을까?

십대 시절부터 지금까지 오랜 세월 동안 내 삶 어느 순간에나 시가 있었다.

그 시들은 외롭고 혼자라는 생각이 들 때마다 나를 토닥이며

괜찮다고 말해 주었다.

내가 이 책에 골라 놓은 시들은

내게 힘이 되어 준 시들 중에서 당신을 생각하며 고른 것이다.

당신이 외롭고 쓸쓸하며 삶의 고통에 지쳐

잠시 사람들로부터 떨어져 있고 싶을 때,

하지만 막상 혼자가 되고 보니 사람의 온기가 그리울 때

이 시들이 당신을 따뜻하게 감싸 안아 주기를 바라며.

2014년 12월에

광수

당신,

잘 지내나요?

20대를 지나 30대에 발을 들여 놓으면서
이런저런 이유로 그동안 잘 만나지 못했던 친구들을
한꺼번에 다시 볼 수 있는 장소는 결혼식장이었다.
40대를 맞이할 즈음에 그들을 다시 만나게 된 장소는
아이들 돌잔치 장소였고, 마흔을 한참 지난 지금
친구들을 만나게 되는 장소는 서글프게도 장례식장이다.
장례식장에서나 보게 되는 우리들의 관계도 서글프지만
너무도 빨리 나를 지나쳐 간 청춘도 서글프다.
그래서 고인에게 묵념하고 시들어 버린 청춘에 묵념한다.
친구들 모두 이구동성으로 말한다. 결국 이렇게 나이를 먹어가나 보다.
그러나 그런 한탄도 잠시, 우리는 장례식장에서조차
그닥 자랑스러울 것 없는 옛날 추억을 꺼내 놓고 이야기하다
결국 싸움박질을 하고, 누가 잘났나를 따지면서 공허한 자존심 대결을 벌인다.
그러다 어느 순간 누군가 낄낄대며 말한다.

"우리는 언제쯤 철이 들까?"

내가 철이 들었더라면 지금처럼 만화방을 좋아하지 않을 테고,
당연히 아내가 잔소리하지 않아도 때맞추어 알아서 재활용 쓰레기와
음식물 쓰레기를 버릴 것이고, 아이와도 더 많은 시간을 가지고
늙으신 부모님께도 더 열심히 효도할 것이다.
그런데 나는 아직도 아내에게 일하러 나간다고 거짓말하고 만화방에서
내가 좋아하는 만화를 보며 주인아저씨가 끓여 준 라면을 먹을 때가
가장 행복하며, 늙은 육신으로 인해 야구 팀의 젊은 친구들에게 점점 밀리는
신세가 되었지만 배트를 들고 타석에 들어설 때의 설렘을 잊지 못하고
아내의 눈치를 살피며 주말마다 야구 시합을 기다린다.
여행 갔다 온 지 얼마나 됐다고 친구와 어디론가 여행을 떠날지에 대한
계획을 세울 때도 마찬가지다. 나의 철없는 행동으로 아내에게 혼나고
세상에 깨지면서 잠시 반성할 때도 있지만 그때뿐이다.
아마도 나는 죽을 때까지 철이 안 들지 않을까 싶다.
그럼에도 차곡차곡 나이를 먹어 어느새 배불뚝이 아저씨가 되어 버렸고
나잇값 좀 하라는 구박을 받을 때면 가끔 옛날이 그립다.

지금은 다른 데로 옮겨서 자취를 감춘 옛날 대학 캠퍼스가 그립고,
재수할 때 다녔던 종로의 허름한 다방이 그립다.
엄마가 이발하라고 준 돈으로 싸구려 이발소에서 머리를 자른 후
남은 돈으로 셋째 형과 함께 사 먹은 짜장면 맛이 그립고,
어릴적 친구들과 옹기종기 모여 과학자의 눈빛으로 만들어 먹던
달고나가 그립다. 또 휴대폰이 없던 시절 약속 장소에 오지 않는 그 사람을
연락할 방법이 없어 하염없이 기다리던 그 기다림마저도 그립다.
그리움이 깊어지던 날 초등학교 때 살던 수유리 집에 가 보니
집 형태는 그대로인데 음식점으로 바뀌어 있었다.
내가 살던 당시에는 부모님이 쓰셨던 안방에 앉아 갈비탕을 먹고 있자니
부모님이랑 형들과 함께 지지고 볶고 살던 그때의 추억들이 새록새록 떠올랐고,
왠지 모를 그리움에 목이 멨다. 지금은 볼 수 없고, 만날 수 없고,
흔적도 없이 사라져 버린 그래서 돌이킬 수 없는 모든 것들이 그립다.
어쩌면 지나간 모든 것들은 그립고 아름다운 기억이다.

아름답고 그립던 그때를 위해서 내가 할 수 있는 일은
그저 추억하는 일밖에 없다. 지금은 없어져 버렸지만 고등학교와
재수 시절까지 그림을 배우기 위해 다녔던 화실의 이름은
'겨울화실'이었다. 중곡동 삼거리 모퉁이 건물 3층에 있던
그 앞을 지나갈 때면 나도 모르게 발걸음을 잠시 멈춘다.
지금은 간판의 흔적조차 없지만 나에게는 당시의 풍경이
바로 어제 일만 같다. 아직도 그 건물에 한 발 들어서면
같이 그림 그리며 함께 놀던 친구들과
나 혼자서 좋아했던 그녀가 건물 어디선가 툭! 하고
튀어나올 것만 같은 기분이 든다.

첫사랑이었던 그녀에 대한 기억은 내 가슴속에 고이 간직되어 있다.
그녀에게 멋진 남자로 보이고 싶어 세상을 다 아는 것처럼 으스댔지만
실은 서투르기 짝이 없었던 나는 그녀를 많이 아프게 했다.
그래서 그녀를 떠나보낼 수밖에 없었다. 한때 내 자신을 원망하며
그녀를 그리워했지만 이제 내게 첫사랑은 소중한 기억으로 남아 있다.
그저 내 가슴속 한 켠에 아름다운 추억으로 남아 가끔 꺼내어
볼 수 있음에 만족한다.

그리운 사람이 어찌 그녀 한 사람뿐이랴.
내 가슴속에 남아 있는 수많은 사람들,
초등학교 때 같이 골목에서 놀던 친구, 문방구 아저씨, 대학 시절
모든 것을 내어 줄 것처럼 가까웠지만 나도 모르게 멀어져 버린 친구……
다시 그 시절로 돌아갈 수 없지만 낯익은 얼굴들을
떠올리는 것만으로도 마음이 따뜻해진다. 다만 내가 바라는 게 있다면
그들이 잘 지냈으면 좋겠고, 내가 가끔 그들을 떠올리는 것처럼
그들도 나를 가끔씩 생각했으면 좋겠다는 것이다.
그렇게 서로의 온기를 떠올리며 어느 외롭고 쓸쓸한 날
빙그레 웃을 수 있었으면 좋겠다.

당신, 잘 지내나요?

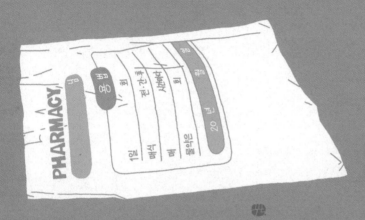

멀리서 빈다

어딘가 내가 모르는 곳에
보이지 않는 꽃처럼 웃고 있는
너 한 사람으로 하여 세상은
다시 한 번 눈부신 아침이 되고

어딘가 네가 모르는 곳에
보이지 않는 풀잎처럼 숨 쉬고 있는
나 한 사람으로 하여 세상은
다시 한 번 고요한 저녁이 온다

가을이다, 부디 아프지 마라.

_ 나태주

문득

문득

보고 싶어서

전화했어요

성산포 앞바다는 잘 있는지

그때처럼

수평선 위로

당신하고

걷고 싶었어요

_ 정호승

교차로에서 잠깐 멈추다

우리가 사랑하면
같은 길을 가는 거라고 믿었지
한 차에 타고 나란히
같은 전경을 바라보는 거라고

그런데 그게 아니었나 봐
너는 네 길을 따라 흐르고
나는 내 길을 따라 흐르다
우연히 한 교차로에서 멈춰 서면

서로 차창을 내리고
–안녕, 오랜만이네
　보고 싶었어
라고 말하는 것도 사랑인가 봐

사랑은 하나만 있는 것도 아니고
영원히 계속되지도 않고
그렇다고 그렇게 쉽게 끊어지는 끈도 아니고

이걸 알게 되기까지
왜 그리 오래 걸렸을까
오래 고통스러웠지

아, 신호가 바뀌었군
다음 만날 지점이 이 생이 아닐지라도
잘 가, 내 사랑
다시 만날 때까지
잘 지내

_ 양애경

너의 이름을 부르면

내가 울 때 왜 너는 없을까
배고픈 늦은 밤에
울음을 참아내면서
너를 찾지만
이미 너는 내 어두운
표정 밖으로 사라져 버린다

같이 울기 위해서
너를 사랑한 건 아니지만
이름을 부르면
이름을 부를수록
너는 멀리 있고
내 울음은 깊어만 간다

같이 울기 위해서

너를 사랑한 건 아니지만

_ 신달자

기대어 울 수 있는 한 가슴

비를 맞으며 걷는 사람에겐 우산보다
함께 걸어 줄 누군가가 필요한 것임을.
울고 있는 사람에겐 손수건 한 장보다
기대어 울 수 있는 한 가슴이
더욱 필요한 것임을.

그대를 만나고서부터
깨달을 수 있었습니다.

그대여, 지금 어디 있는가.
보고 싶다 보고 싶다
말도 못 할 만큼
그대가 그립습니다.

_ 이정하

토요일 아침 신문을 읽으며

토요일 아침, 조간신문 토요 섹션을 본다.
신문 첫 면에는 한쪽 팔이 없는 부인과
한쪽 다리를 못 쓰는 남편이 서로 손을 잡고 환하게 웃고 서 있다.
신문을 넘기고 넘겨
맨 마지막 면에 이르면, 팔십 세 소년이
팔십 세 소녀 부인의 손을 잡고 빙긋이 웃고 있다.

손을 잡으면, 누구나 웃는구나
손을 잡으면 누구나 마음이 환해지는구나
팔이 한쪽 없어도, 한쪽 다리가 불편해도
나이가 팔순이 넘어도
손을 잡으면 누구나 세상을 향해 웃을 수 있구나
그래서 세상의 앞면과 뒷면 모두를 장식하는구나.

토요일 싱그러운 아침을 열며

한쪽 팔이 없는 사람이 한쪽 다리를 못 쓰는 사람의 손을 잡고

활짝 웃으며 걸어 나온다.

팔순이 훨씬 지나도 스물같이 사는 할아버지 할머니

계면쩍음도 없이 서로 손 꼭 잡고

한 장 한 장 또 한 장 세상 넘기고 계신다.

_ 윤석산

인생

인생을 꼭 이해해야 할 필요는 없다.
인생은 축제와 같은 것.
하루하루를 일어나는 그대로 살아 나가라.
바람이 불 때 흩어지는 꽃잎을 줍는 아이들은
그 꽃잎들을 모아 둘 생각은 하지 않는다.
꽃잎을 줍는 순간을 즐기고
그 순간에 만족하면 그뿐.

_라이너 마리아 릴케

내 만일

내 만일 폭풍이라면
저 길고 튼튼한 벽 너머로
한번 보란듯 불어볼 텐데……
그래서 그대 가슴에 닿아볼 텐데……

번쩍이는 벽돌쯤 슬쩍 넘어뜨리고
벽돌 위에 꽂혀 있는 쇠막대기쯤
눈 깜짝할 새 밀쳐내고
그래서 그대 가슴 깊숙이
내 숨결 불어넣을 텐데……

내 만일 안개라면
저 길고 튼튼한 벽 너머로
슬금슬금 슬금슬금
기어들어

대들보건 휘장이건
한번 맘껏 녹여볼 텐데
그래서 그대 피에 내 피
맞대어볼 텐데

내 만일 종소리라면
어디든 스며드는
봄날 햇빛이라면
저 벽 너머
때없이 빛소식 봄소식 건네주고
우리 하느님네 말씀도 전해줄 텐데……
그래서 그대 웃음 기어코 만나볼 텐데……

사랑하는 마음뿐으로
그리운 마음뿐으로

그런데 그대여
오늘 밤은 참 깊구나.
질기기도 하구나.

기다려다오.
기다려다오.

_강은교

슬픔

저 파란 하늘의 파도 소리가 들려오는 언저리에
무언가 엉뚱하게도 분실물을
나는 놓고 와버린 것 같다

투명한 과거의 역에서
분실물 담당자 앞에 섰더니
난 쓸데없이 슬퍼지고 말았다

_ 다니카와 슈운타로

해수관음에게

당신 보면 하고 싶은 말 오직 한마디

오래도록 안고 싶다
찬 돌에 온기 돌 때까지

_ 홍사성

국수가 먹고 싶다

국수가 먹고 싶다

사는 일은
밥처럼 물리지 않는 것이라지만
때로는 허름한 식당에서
어머니 같은 여자가 끓여주는
국수가 먹고 싶다

삶의 모서리에 마음을 다치고
길거리에 나서면
고향 장거리 길로
소 팔고 돌아오듯
뒷모습이 허전한 사람들과
국수가 먹고 싶다

세상은 큰 잔칫집 같아도
어느 곳에선가
늘 울고 싶은 사람들이 있어

마음의 문들은 닫히고
어둠이 허기 같은 저녁
눈물자국 때문에
속이 훤히 들여다보이는 사람들과
따뜻한 국수가 먹고 싶다

_ 이상국

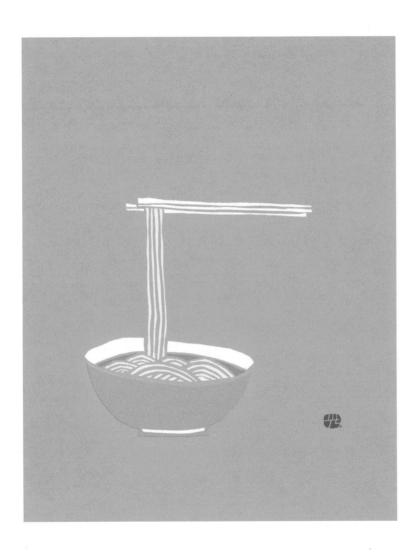

엄마가 휴가를 나온다면

하늘나라에 가 계시는
엄마가
하루 휴가를 얻어 오신다면
아니 아니 아니 아니
반나절 반시간도 안 된다면
단 5분
그래, 5분만 온대도 나는
원이 없겠다

얼른 엄마 품속에 들어가
엄마와 눈맞춤을 하고
젖가슴을 만지고
그리고 한 번만이라도
엄마!
하고 소리내어 불러보고

숨겨놓은 세상사 중

딱 한 가지 억울했던 그 일을 일러바치고

엉엉 울겠다

_ 정채봉

제부도

사랑하는 사람과의 거리 말인가
대부도와 제부도 사이
그 거리만큼이면 되지 않겠나

손 뻗으면 닿을 듯, 그러나
닿지는 않고, 눈에 삼삼한

사랑하는 사람과의 깊이 말인가
제부도와 대부도 사이
가득 채운 바다의 깊이만큼이면 되지 않겠나

그리움 만조로 가득 출렁거리는,
간조 뒤에 오는 상봉의 길 개화처럼 열리는,

사랑하는 사람과의 만남 말인가 이별 말인가
하루에 두 번이면 되지 않겠나

아주 섭섭치는 않게 아주 물리지는 않게
자주 서럽고 자주 기쁜 것
그것은 사랑하는 이의 자랑스러운 변덕이라네

_ 이재무

달이 떴다고 전화를 주시다니요

달이 떴다고 전화를 주시다니요

이 밤 너무 신 나고 근사해요

내 마음에도 생전 처음 보는

환한 달이 떠오르고

산 아래 작은 마을이 그려집니다

간절한 이 그리움들을,

사무쳐 오는 이 연정들을

달빛에 실어

당신께 보냅니다

세상에,

강변에 달빛이 곱다고

전화를 다 주시다니요

흐르는 물 어디쯤 눈부시게 부서지는 소리

문득 들려옵니다.

_ 김용택

58

농담

그대 내 농담에 까르르 웃다
그만 차를 엎질렀군요
…… 미안해 하지 말아요
지나온 내 인생은 거의 농담에 가까웠지만
여태껏 아무것도 엎지르지 못한 생이었지만
이 순간, 그대 재스민 향기 같은 웃음에
내 마음 온통 그대 쪽으로 엎질러졌으니까요
고백하건대 이건 진실이에요

_ 유하

토끼풀

삶이란 원래
자잘한 걸
삶이란 처음부터
일상적인 걸
촉촉한 손을 내밀어
꼭 잡아주면
이렇게 행복인 걸
세 잎이면 어떻고
네 잎이면 어떠리
바람이 불면
같이 흔들리고
그 흔들림 끝에 오는 슬픔도
같이하면서 함께 일어선다
옹기종기

_ 김윤현

겨울 들판을 거닐며

가까이 다가서기 전에는
아무것도 가진 것 없어 보이는
아무것도 피울 수 없을 것처럼 보이는
겨울 들판을 거닐며
매운 바람 끝자락도 맞을 만치 맞으면
오히려 더욱 따사로움을 알았다
듬성듬성 아직은 덜 녹은 눈발이
땅의 품안으로 녹아들기를 꿈꾸며 뒤척이고
논두렁 밭두렁 사이사이
초록빛 싱싱한 키 작은 들풀 또한 고만고만 모여 앉아
저만치 밀려오는 햇살을 기다리고 있었다
신발 아래 질척거리며 달라붙는
흙의 무게가 삶의 무게만큼 힘겨웠지만
여기서만은 우리가 알고 있는
아픔이란 아픔은 모두 편히 쉬고 있음도 알았다

겨울 들판을 거닐며

겨울 들판이나 사람이나

가까이 다가서지도 않으면서

아무것도 가진 것 없을 거라고

아무것도 키울 수 없을 거라고

함부로 말하지 않기로 했다

_ 허형만

실패의 의미

실패란 당신이 실패자란 의미가 아니다.
아직 성공하지 못했다는 것을 의미할 따름이다.

실패란 아무것도 이룬 것이 없다는 말이 아니다.
단지 무언가를 터득했다는 의미일 뿐이다.

실패란 바보였다는 말이 아니다.
단지 당신이 믿음이 많은 사람이었다는 뜻일 뿐이다.

실패란 불명예가 아니다.
당신이 기꺼이 시도해 보았다는 의미일 뿐이다.

실패란 무엇을 얻지 못했다는 말이 아니다.
무언가 다른 방향으로 시도해 봐야 한다는 말일 뿐이다.

실패란 당신이 열등한 존재라는 의미가 아니다.
아직 완전한 존재가 아니라는 말일 뿐이다.

실패란 인생을 허비했다는 말이 아니다.
단지 새로운 마음으로 다시 시작해야 한다는 의미일 뿐이다.

실패란 포기해야 한다는 말이 아니다.
좀 더 열심히 노력해야 한다는 말일 뿐이다.

실패란 끝내 그것을 이룰 수 없다는 말이 아니다.
좀 더 시간이 걸릴 것이라는 말일 뿐이다.

실패란 하느님께서 당신을 버렸다는 말이 아니다.
하느님의 생각이 좀 더 좋은 것이라는 말일 뿐이다.

_로버트 슐러

동질

이른 아침 문자 메시지가 온다
— 나지금입사시험보러가잘보라고해줘너의그말이꼭필요해
모르는 사람이다
다시 봐도 모르는 사람이다

메시지를 삭제하려는 순간
지하철 안에서 전화기를 생명처럼 잡고 있는
절박한 젊은이가 보인다

나도 그런 적이 있었다
그때 나는 신도 사람도 믿지 않아
잡을 검불조차 없었다
그 긴장을 못 이겨
아무 데서나 꾸벅꾸벅 졸았다

답장을 쓴다

– 시험꼭잘보세요행운을빕니다!

_조은

조용한 일

이도 저도 마땅치 않은 저녁
철이른 낙엽 하나 슬며시 곁에 내린다

그냥 있어볼 길밖에 없는 내 곁에
저도 말없이 그냥 있는다

고맙다
실은 이런 것이 고마운 일이다

_ 김사인

편지

당신이 보내 준 편지를
나는 마음에 두지 않으렵니다.
당신은 쓰셨어요,
'이제 당신을 사랑하지 않아요'라고.
하지만 그 편지는 너무 길었지요.

열두 페이지가 넘을 정도로
정성스레 깨끗이 쓴 글씨.
진정 당신이 나에게 싫증이 났다면
이토록 세심하게 쓸 리가 없잖아요.

_ 하인리히 하이네

진정으로 사랑한다는 것은

진정
사랑한다는 것은

이별을
눈물로 대신하는 것이
결코 아닙니다.

곁에 있던 사람이
먼 길을 떠나는 순간,

사랑의 가능성이
모두 사라져 간다 할지라도
그대 가슴속에 남겨진 그 사랑을 간직하면서
사랑하는 마음을 버리지 않는 것이

진정으로

사랑하는 것입니다.

_ E. L. 쉴러

이 사랑

이토록 격렬하고
이토록 연약하고
이토록 부드럽고
이토록 절망하는 이 사랑.

대낮처럼 아름답고
나쁜 날씨에는 나쁜 날씨처럼 나쁜
이토록 진실한 이 사랑
이토록 아름다운 이 사랑.

이토록 행복하고
이토록 즐겁고
어둠 속의 어린아이처럼
무서움에 떨 때는
이토록 보잘것없고

한밤에도 침착한 어른처럼
이토록 자신있는 이 사랑.

다른 이들을 두렵게 하고
다른 이들을 말하게 하고
다른 이들을 질리게 하던
이 사랑.

_ 자크 프레베르

혼자 먹는 밥

혼자 먹는 밥은 쓸쓸하다
숟가락 하나
놋젓가락 둘
그 불빛 속 딸그락거리는 소리

그릇 씻어 엎다 보니
무덤과 밥그릇이 닮아 있다
우리 생에서 몇 번이나 이 빈 그릇
엎었다
뒤집을 수 있을까

창문으로 얼비쳐 드는 저 그믐달
방금 깨진
접시 하나

_ 송수권

일일초

오늘도 한 가지
슬픈 일이 있었다
오늘도 또 한 가지
기쁜 일이 있었다

웃었다가 울었다가
희망했다가 포기했다가
미워했다가 사랑했다가
......

그리고 이런 하나하나의 일들을
부드럽게 감싸 주는
헤아릴 수 없이 많은
평범한 일들이 있었다.

_호시노 토미히로

청춘

거울 속 제 얼굴에 위악의 침을 뱉고서 크게 웃었을 때 자랑처럼 산발을 하고 그녀를 앞질러 뛰어갔을 때 분노에 북받쳐 아버지 멱살을 잡았다가 공포에 떨며 바로 놓았을 때 강 건너 모르는 사람들 뚫어지게 노려보며 숱한 결심들을 남발했을 때 한 귀로 듣고 한 귀로 흘리는 것을 즐겨 제발 욕해달라고 친구에게 빌었을 때 가장 자신 있는 정신의 일부를 떼어내어 완벽한 몸을 빚으려 했을 때 매일 밤 치욕을 우유처럼 벌컥벌컥 들이켜고 잠들면 꿈의 키가 쑥쑥 자랐을 때 그림자가 여러 갈래로 갈라지는 가로등과 가로등 사이에서 그 그림자들 거느리고 일생을 보낼 수 있을 것 같았을 때 사랑한다는 것과 완전히 무너진다는 것이 같은 말이었을 때 솔직히 말하자면 아프지 않고 멀쩡한 생을 남몰래 흠모했을 때 그러니까 말하자면 너무너무 살고 싶어서 그냥 콱 죽어버리고 싶었을 때 그때 꽃피는 푸르른 봄이라는 일생에 단 한 번뿐이라는 청춘이라는

_ 심보선

나에게 기대올 때

하루의 끝을 향해 가는
이 늦은 시간,
버스나 지하철을 타고 집에 가다 보면
옆에 앉은 한 고단한 사람
졸면서 나에게 기댈 듯 다가오다가
다시 몸을 추스르고, 몸을 추스르고

한 사람이 한 사람에게 기대올 때
되돌아왔다가 다시 되돌아가는
얼마나 많은 망설임과 흔들림
수십 번 제 목이 꺾여야 하는
온몸이 와르르 무너져야 하는

잠든 네가 나에게 온전히 기대올 때
기대어 잠시 깊은 잠을 잘 때

끝을 향하는 오늘 이 하루의 시간,
내가 집으로 가는 가장 빠른 길은
한 나무가 한 나무에 기대어
한 사람이 한 사람에게 기대어
나 아닌 것을 거쳐
나인 것으로 가는, 이 덜컹거림

무너질 내가
너를 가만히 버텨줄 때,
순간, 옆구리가 담장처럼 결려올 때

_고영민

수수께끼

극장을 나와 우리는 밥집으로 갔네

고개를 숙이고 메이는 목으로 밥을 넘겼네

밥집을 나와 우리는 걸었네

서점은 다 문을 닫았고 맥줏집은 사람들로 가득해서 들어갈 수 없었네

안녕, 이제 우리 헤어져

바람처럼 그렇게 없어지자

먼 곳에서 누군가가 북극곰을 도살하고 있는 것 같애

차비 있어?

차비는 없었지

이별은?

이별만 있었네

나는 그 후로 우리 가운데 하나를 다시 만나지 못했네
사랑했던 순간들의 영화와 밥은 기억나는데
그 얼굴은 봄 무순이 잊어버린 눈처럼
기억나지 않았네

얼음의 벽 속으로 들어와 기억이 집을 짓기 전에 얼른 지워버렸지
뒷모습이 기억나면 얼른 눈 위로 떨어지던 빛처럼 잠을 청했지
다시 자리에서 일어났을 때,

당신이 만년 동안 내 얼굴에 흐르는 눈물을 들여다보고 있었네
내가 만년 동안 당신 얼굴에 흐르는 눈물을 붙들고 있었네
먼 여행 도중에 죽을 수도 있을 거야
나와 당신은 어린 꽃을 단 눈먼 동백처럼 중얼거렸네

노점에 나와 있던 강아지들이 낑낑거리는 세월이었네
폐지를 팔던 노인이 리어카를 끌고 지하도를 건너가고 있는 세월이었네
왜 그때 헤어졌지, 라고 우리는 만년 동안 물었던 것 같네
아직 실감 나지 않는 이별이었으나
이별은 이미 만년 전이었어

그때마다 별을 생각했네
그때마다 아침에 나가서 돌아오지 않았던
다리 밑에 사는 거지를 생각했네
수수께끼였어,
당신이라는 수수께끼, 그 살 밑에서 얼마나 오랫동안 잊혀진 대륙들은
횟빛 산맥을 어린 안개처럼 안고 잠을 잤을까?

_ 허수경

미안하오

미안하오
새벽 세 시 십사 분에 미안하오

웃게 하다 울게 하고

너무 많은 일을 같이해
하는 일마다 생각나게 해서

그대가 지은 밥을
맛있게 먹은 기억을 남겨서

으스러지게 안아서

사랑해서

미안하오

낮 열두 시 삼십이 분에 미안하오

_ 나해철

안개꽃

꽃이라면
안개꽃이고 싶다

장미의 한복판에
부서지는 햇빛이기보다는
그 아름다움을 거드는
안개이고 싶다

나로 하여
네가 아름다울 수 있다면
네 몫의 축복 뒤에서
나는 안개처럼 스러지는
다만 너의 배경이어도 좋다

마침내는 너로 하여

나조차 향기로울 수 있다면

어쩌다 한 끈으로 묶여

시드는 목숨을 그렇게

너에게 조금은 빚지고 싶다

_ 복효근

당신 생각에

당신도 어렴풋이 아실 테지만
이건 모두 당신 탓이에요.
오늘 전 아무 일도 못 했거든요.
무슨 일을 시작하려고 하면
당신 생각이 떠올라서요.

처음으로 살며시, 그러다가
내 머릿속은 온통 당신 생각으로 가득 차지요.
포근한 느낌, 멋진 생각, 정말 사랑스러운······.

안 돼요.
어서 이런 생각을 떨쳐 버려야죠.
전 오늘 할 일이 무척 많거든요.

그래서 말인데요,

전 지금

아주 중요한 일부터 해야겠어요.

먼저 당신에게 알리겠어요.

내가 얼마나 당신을 원하는지

당신이 내게 얼마나 필요한지

그리고 내가 얼마나 얼마나

당신을 사랑하고 있는지를 말이에요.

_ 앤드류 토니

아득한 한 뼘

멀리서 당신이 보고 있는 달과

내가 바라보고 있는 달이 같으니

우리는 한 동네지요

이곳 속 저 꽃

은하수를 건너가는 달팽이처럼

달을 향해 내가 가고

당신이 오고 있는 것이지요

이 생 너머 저 생

아득한 한 뼘이지요

그리움은 오래되면 부푸는 것이어서

먼 기억일수록 더 환해지고

바라보는 만큼 가까워지는 것이지요

꿈속에서 꿈을 꾸고 또 꿈을 꾸는 것처럼

달 속에 달이 뜨고 또 떠서

우리는 몇 생을 돌다가 와

어느 봄밤 다시 만날까요

_권대웅

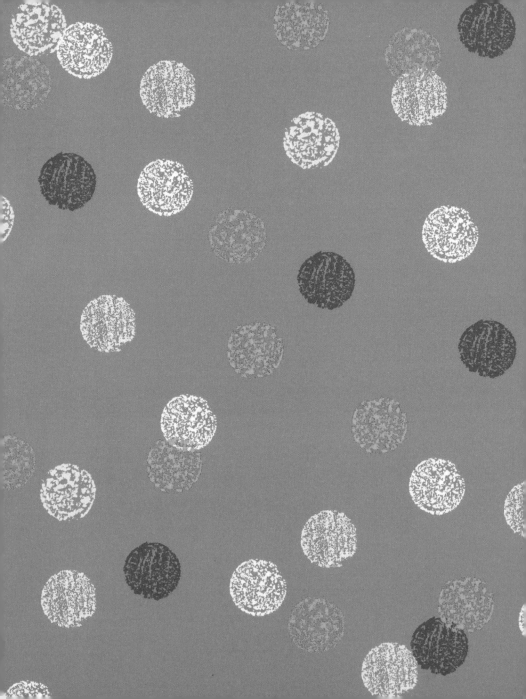

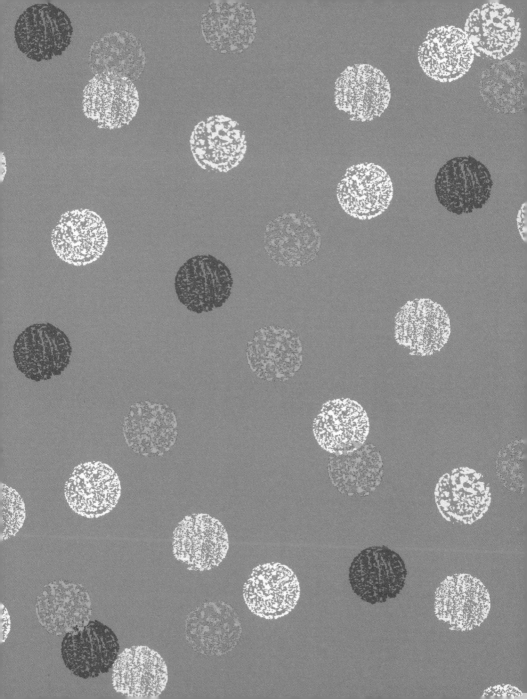

그때는
미처
몰랐던 것들

학창 시절 나는 삐딱이였다.
세상을 조금 삐딱하게 바라보는 삐딱이 말이다.
경찰서를 드나든 것도 여러 번, 부모님은 툭하면 사고를 치는 내가
조금만 귀가가 늦어져도 안절부절 어쩔 줄을 모르셨다.
그러다 어찌어찌 대학교에는 들어갔지만 여전히 나는 방황했다.
지금 생각해 보면 그때 나는 어른이 되는 게 두려웠던 것 같다.
내 관념 속의 어른은 자기가 하는 말과 행동에 책임을 져야 하고,
혼자 밥 벌어먹고 살 수 있어야 하고, 자신의 모든 선택에 책임을
져야 하니까 말이다.

'내가 스스로 밥은 벌어먹고 살 수 있을까?
나는 정글 같은 세상에서 과연 무슨 일을 할 수 있을까?'

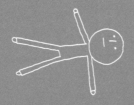

그런 불안과 우려와 달리 나는 내 일들을 그럭저럭 잘해 나갔다.
대학생 때는 일러스트레이터로 활동하다
졸업 후에는 디자인 사무실을 운영했으니 말이다.
그러던 중에 일간지에 발탁되어 '광수생각'이라는
만화를 싣게 되었고, 누군가의 말처럼 어느 날 일어나 보니
꽤 유명한 사람이 되어 있었다.
연락이 끊긴 친구와 사람들에게서 연락이 오기 시작했고,
날 알아보며 사인을 해 달라는 사람들이 생기기 시작했다.
나도 모르는 사이 나와 친하다는 사람이 늘어났고 어디를 가든
나를 반겨 주었지만 이상하게 마음이 허했다.
주변의 사람들은 젊은 나이에 성공한 내가 부럽다는데
나는 그것이 하나도 기쁘지 않았다.
뭔가 초조했고 알 수 없는 무언가를 증명해야만 할 것 같았다.
비싼 술을 마시고, 돈을 쓰고, 평소에는 가 보지 못했던 좋은 곳을 가도
그 막연한 불안감과 초조함은 가시지 않았다.

그러다 벌려 놓았던 사업이 실패하고, 이혼까지 겪으면서
내 인생은 가파르게 바닥을 치게 되었다. 그러자 언제 그랬냐는 듯
내 주위에 그렇게 많았던 사람들이 하나둘 연락을 끊기 시작했다.
당시의 나는 세상이 나에게 너무 가혹하다고 생각했고
나를 떠나간 사람들을 원망했다. 그리고 시간이 더 흐른 후에
비로소 알게 되었다. 사는 게 원래 만만치 않다는 것을.
그리고 사람은, 세상은 충분히 나에게 그럴 수 있다는 것을 말이다.
그러니 남들보다 조금 앞서 나간다고 너무 우쭐할 필요도 없고,
실패했다고 낙담하거나 주저앉을 필요도 없다는 것을 말이다.
너무 어렸던 나는 갑자기 유명해졌을 때에 대한 아무런 대비가
안 되어 있었고 그 대가를 톡톡히 치른 것뿐이다.
지금은 그때보다 일이 많이 줄어들었고, 그때보다 만나는 사람도
줄었지만 나는 지금의 내가 좋다. 오히려 그때보다 마음이 편하다.
단출한 삶에서 소소한 행복을 느끼는 내가 좋고,
더 이상 초조하거나 불안하지 않아서 좋다.
누가 뭐라고 하든 나는 아직 당도하지 않은 내일을 걱정하기보다
오늘을 즐길 것이고, 빨리 가려고 하지 않을 것이다.
천천히 세상을 음미하며 걸어갈 것이다.
그중엔 잠시 멈추어 있는 시간도 있을 것이다.

하지만 그래도 괜찮다.
어쨌든 나는 앞으로 나아갈 테니까
조금 쉬었다 가도 괜찮다.

키

부끄럽게도
여태껏 나는
자신만을 위하여 울어 왔습니다

아직도
가장 아픈 속울음은
언제나 나 자신을 위하여
터져 나오니

얼마나 더 나이 먹어야
마음은 자라고
마음의 키가 얼마나 자라야
남의 몫도 울게 될까요

삶이 아파 설운 날에도
나 외엔 볼 수 없는 눈
삶이 기뻐. 웃는 때에도
내 웃음소리만 들리는 귀
내 마음이 난장인 줄
미처 몰랐습니다
부끄럽고 부끄럽습니다

_ 유안진

다시 첫사랑의 시절로 돌아갈 수 있다면

어떤 일이 있어도 첫사랑을 잃지 않으리라

지금보다 더 많은 별자리의 이름을 외우리라

성경책을 끝까지 읽어보리라

가보지 않은 길을 골라 그 길의 끝까지 가보리라

시골의 작은 성당으로 이어지는 길과

폐가와 잡초가 한데 엉겨 있는 아무도 가지 않은 길로 걸어가리라

깨끗한 여름 아침 햇빛 속에 벌거벗고 서 있어 보리라

지금보다 더 자주 미소짓고

사랑하는 이에겐 더 자주 '정말 행복해'라고 말하리라

사랑하는 이의 머리를 감겨주고

두 팔을 벌려 그녀를 더 자주 안으리라

사랑하는 이를 위해 더 자주 부엌에서 음식을 만들어보리라

다시 첫사랑의 시절로 돌아갈 수 있다면

상처받는 일과 나쁜 소문,

꿈이 깨어지는 것 따위는 두려워하지 않으리라

다시 첫사랑의 시절로 돌아갈 수 있다면
벼랑 끝에 서서 파도가 가장 높이 솟아오를 때
바다에 온몸을 던지리라

_ 장석주

딸을 위한 시

한 시인이 어린 딸에게 말했다.
'착한 사람도, 공부 잘하는 사람도 다 말고
관찰을 잘하는 사람이 되라고.
겨울 창가의 양파는 어떻게 뿌리를 내리며
사람들은 언제 웃고, 언제 우는지를.
오늘은 학교에 가서
도시락을 안 싸온 아이가 누구인지 살펴서
함께 나누어 먹기도 하라고.'

_ 마종하

그대를 잊는다는 건

애써 떠올리려 하지는 않겠습니다.
어쩌다 생각나면 그때 그리워하겠습니다.
때때로 눈물을 흘릴 때도 있을 겁니다.
그 눈물 애써 감추려 하지 않겠습니다.
기억 속에서 그대를 까맣게 잊는다는 건
그대와 헤어진 것보다 더 아픈 일이니까요.

_ W. 웨인

긍정적인 밥

시 한 편에 삼만 원이면
너무 박하다 싶다가도
쌀이 두 말인데 생각하면
금방 마음이 따뜻한 밥이 되네

시집 한 권에 삼천 원이면
든 공에 비해 헐하다 싶다가도
국밥이 한 그릇인데
내 시집이 국밥 한 그릇만큼
사람들 가슴을 따뜻하게 덥혀줄 수 있을까
생각하면 아직 멀기만 하네

시집이 한 권 팔리면
내게 삼백 원이 돌아온다
박리다 싶다가도

굵은 소금이 한 됫박인데 생각하면

푸른 바다처럼 상할 마음 하나 없네

_ 함민복

살다가 보면

살다가 보면
넘어지지 않을 곳에서
넘어질 때가 있다

사랑을 말하지 않을 곳에서
사랑을 말할 때가 있다

눈물을 보이지 않을 곳에서
눈물을 보일 때가 있다

살다가 보면
사랑하는 사람을
사랑하지 않기 위해서
떠나보낼 때가 있다

떠나보내지 않을 것을
떠나보내고
어둠 속에 갇혀
짐승스런 시간을
살 때가 있다

살다가 보면

_ 이근배

9월의 노래

당신께 말할 수 있다면
그건 슬픔이 아니지
바람에 흔들리는 맨드라미를
말없이 바라본다

당신 곁에서 울 수 있다면
그건 슬픔이 아니지
파도 소리 반복되는 저 파도 소리는
내 마음 늙어가는 소리

슬픔은 언제나
낯설다
당신 탓이 아니다
내 탓도 아니다

_ 다니카와 슌타로

도움말

내 말을 잘 듣게 여보게들,
태어난다는 것은 괴로운 일
죽는다는 것은 비참하지 —
그러니 꼭 붙잡아야 하네.
사랑한다는 일을 말일세.
태어남과 죽음 그 사이에 있는 동안.

_ 랭스턴 휴즈

깨달음의 깨달음

걸핏하면 무얼 깨달았다는 사람들 두렵다 무언가 알아냈다고
목청 높이는 사람들 무섭다 나는 깨달은 적이 없는데 어떡하면
깨달을 수 있을까 깨닫기로 말하면 대체 무엇을 깨닫지? 이것인
듯하다가 저것인 것 같은 생의 한복판에서 깨달음까진 몰라도
바람 흘러가는 쪽이나 좀 알았으면… 유난히 긴 밤 잠 못 들면서
도 깨달음은 아니 오고 깨달음은 왜 나만 비켜갈까 나의 깨달음
은 대체 언제일까 깨달음의 깨달음에 매달리는 밤…

_박재화

나의 노래

고뇌는 내가 갈아입는 옷 중 하나이니
나는 상처받은 사람에게 어떤 기분인지 묻지 않는다.
나 스스로 그 상처받은 사람이 되어 본다.
내 지팡이에 기대 바라볼 때
내 상처들은 검푸르게 변한다.

_ 월트 휘트먼

그러니 애인아
- 늙은 진이의 말품으로

바람에 출렁이는 밀밭 보면 알 수 있네
한 방향으로 불고 있다고 생각되는 바람이
실은 얼마나 여러 갈래 마음을 가지고 있는지

배가 떠날 때 어떤 이는 수평선을 바라보고
어떤 이는 뭍을 바라보지

그러니 애인아 울지 말아라
봄처럼 가을꽃도 첫 마음으로 피는 것이니
한 발짝 한 발짝 함부로 딛지나 말아주렴

_ 김선우

큰 손

흙도 씻어낸 향기나는 냉이가 한무더기에 천원이라길래
혼자 먹기엔 많아 오백원 어치만 달라고 그랬더니

아주머니는 꾸역꾸역, 오히려 수줍은 몸짓으로
한무더기를 고스란히 봉지에 담아 주신다

자신의 손보다 작게는 나누어주지 못하는 커다란 손
그런 손이 존재한다는 것을 나는 아득히 잊고 살았었다

_ 유승도

파도

쓰러지는 사람아 바다를 보라
일어서는 사람아 바다를 보라
쓰러지기 위해 일어서는
일어서기 위해 쓰러지는
현란한 반전
슬픔도 눈물도 깨어 있어야 한다

_ 이명수

—

속도

속도를 늦추었다
세상이 넓어졌다
속도를 더 늦추었다
세상이 더 넓어졌다
아예 서 버렸다
세상이 환해졌다

_ 유자효

쌀 찧는 소리를 들으며

쌀은 찧어질 때
몹시 아프겠지만
다 찧어진 뒤엔
솜처럼 새하얗다.
사람의 세상살이도
이와 같은 것,
고난은 너를 연마하여
보석이 되게 한다.

_호찌민

상처 입은 혀

너는 혀가 아프구나,
어디선가 아득히 정신을 놓을 때
자기도 모르게 깨문 것이 혀였다니
아, 너의 말이 많이 아프구나

무의식중에라도 하고 싶었던,
그러나 강물처럼 흐르고 또 흘러가버린,
그 말을 이제야 듣게 되는구나
고단한 날이면 내 혀에도 혓바늘처럼 돋던 그 말이
오늘은 화살로 돌아와 박히는구나

얼마나 수많은 어리석음을 지나야
얼마나 뼈저린 비참을 지나야
우리는 서로의 혀에 대해 이해하게 될까

혀의 뿌리와 맞닿은 목젖에서는
작고 검고 둥글고 고요한 목구멍에서는
이제 아무 소리도 나지 않는다
말이 말이 아니다

독백도 대화도 될 수 없는 것
비명이나 신음, 또는 주문이나 기도에 가까운 것

혀와 입술 대신
눈이 젖은 말을 흘려 보내는 밤
손이 마른 말을 만지며 부스럭거리는 밤

너에게 할 말이 있어
아니, 더 이상 할 수 있는 말이 없어
이생에서 우리가 주고받을 말은 이미 끝났으니까

그러니 네 혀가 돌아오더라도
끝내 그 아픈 말은 들려주지 말기를

그래도 슬퍼하지 말기를,
끝내 하지 못한 말은 별처럼 박혀 있을 테니까

_ 나희덕

잊어버리세요

잊어버리세요, 꽃을 잊듯이
잊어버리세요, 한때 세차게 타오르던 불꽃을 잊듯이
영원히, 영원히 잊어버리세요.

시간은 친절한 벗
우리는 시간과 함께 늙어 갈 거예요.
만일 누군가 묻거든 대답하세요,
그건 벌써 오래전 일이라고
꽃처럼 불처럼 아주 먼 옛날
눈 속으로 사라진 발자국처럼 잊었노라고.

_ 사라 티즈데일

이력서 쓰기

무엇이 필요한가?
신청서를 쓰고,
이력서를 첨부해야지.

살아온 세월에 상관없이
이력서는 짧아야 하는 법.

간결함과 적절한 경력 발췌는 이력서의 의무 조항.
풍경은 주소로 대체하고,
불완전한 기억은 확고한 날짜로 탈바꿈시킬 것.

결혼으로 맺어진 경우만 사랑으로 취급하고
그 안에서 태어난 아이만 자식으로 인정할 것.

네가 누구를 아느냐보다, 누가 널 아느냐가 더 중요한 법.
여행은 오직 해외여행만 기입할 것.
가입 동기는 생략하고, 무슨 협회 소속인지만 적을 것.
업적은 제외하고, 표창 받은 사실만 기록할 것.

이렇게 쓰는 거야. 마치 자기 자신과 단 한번도 대화한 적 없고,
언제나 한 발자국 떨어져 객관적인 거리를 유지해왔던 것처럼.

개와 고양이, 새, 추억의 기념품들, 친구,
그리고 꿈에 대해서는 조용히 입을 다물어야지.

가치보다는 가격이,
내용보다는 제목이 더 중요하고,
네가 행세하는 '너'라는 사람이
어디로 가느냐보다는

네 신발의 치수가 더 중요한 법이야.

게다가 한쪽 귀가 잘 보이도록 찍은 선명한 증명사진은 필수.

그 귀에 무슨 소리가 들리느냐보다는

귀 모양이 어떻게 생겼는지가 더 중요하지.

그런데 이게 무슨 소리?

이런, 서류 분쇄기가 덜그럭거리는 소리잖아.

_ 비스와바 쉼보르스카

진정한 성공

자주 그리고 많이 웃는 것.
현명한 이에게 존경을 받고
아이들에게서 사랑을 받는 것.
정직한 비평가의 찬사를 듣고
친구의 배반을 참아 내는 것.

아름다움을 식별할 줄 알며
다른 사람에게서 최선의 것을 발견하는 것.
건강한 아이를 낳든
작은 정원을 가꾸든
사회 환경을 개선하든
자기가 태어나기 전보다
세상을 조금이라도 살기 좋은 곳으로
만들어 놓고 떠나는 것.

자신이 한때 이곳에 살았음으로 해서
단 한 사람의 인생이라도 행복해지는 것.
이것이 진정한 성공이다.

_ 랄프 왈도 에머슨

얼룩에 대하여

못 보던 얼룩이다

한 사람의 생은 이렇게 쏟아져 얼룩을 만드는 거다

빙판 언덕길에 연탄을 배달하는 노인
팽이를 치며 코를 훔쳐대는 아이의 소매에
거룩을 느낄 때

수줍고 수줍은 저녁 빛 한 자락씩 끌고 집으로 갈 때
천수천안의 노을 든 구름장들 장엄하다

내 생을 쏟아서
몇 푼의 돈을 모으고
몇 다발의 사랑을 하고
새끼와 사랑과 꿈과 죄를 두고

적막에 스밀 때

얼룩이 남지 않도록
맑게
울어 얼굴에 얼룩을 만드는 이 없도록
맑게
노래를 부르다 가야 하리

_ 장석남

지하철에 눈이 내린다

강을 건너느라
지하철이 지상으로 올라섰을 때
말없이 앉아 있던 아줌마 하나가
동행의 옆구리를 찌르며 말한다
눈 온다
옆자리의 노인이 반쯤 감은 눈으로 앉아 있던 손자를 흔들며
손가락 마디 하나가 없는 손으로
차창 밖을 가리킨다
눈 온다
시무룩한 표정으로 서 있던 젊은 남녀가
얼굴을 마주 본다
눈 온다
만화책을 읽고 앉았던 빨간 머리 계집애가
재빨리 핸드폰을 꺼내든다
눈 온다

한강에 눈이 내린다
지하철에 눈이 내린다
지하철이 가끔씩 지상으로 올라서주는 것은
고마운 일이다.

_ 윤제림

가슴에 묻은 김칫국물

점심으로 라면을 먹다
모처럼 만에 입은
흰 와이셔츠
가슴팍에
김칫국물이 묻었다

난처하게 그걸 잠시
들여다보고 있노라니
평소에 소원하던 사람이
꾸벅, 인사를 하고 간다

김칫국물을 보느라
숙인 고개를
인사로 알았던 모양

살다 보면 김칫국물이 다
가슴을 들여다보게 하는구나
오만하게 곧추선 머리를
푹 숙이게 하는구나

사람이 좀 허술해 보이면 어떠냐
가끔은 민망한 김칫국물 한두 방울쯤
가슴에 슬쩍 묻혀나 볼 일이다

_ 손택수

추경

이쁜 것들이

조금씩 상처 입으며 살아가겠지

미운 것들을 더러는

상처 입혀가면서 말야

바람 부는 아침 저녁으로

햇살 파리한 들판

산서어나무 가지를 흔드는

바람의 전언

눈시울 붉히며 그래도

그대만을 사랑했던가 싶게

지성으로 푸른 하늘 아래

전신으로 생을 재는

풀벌레의 보행

가을이 와 비로소 고독해진

솜다리꽃 같은

이쁜 것들이 상처 입으며

조금씩 더 아름다워지는 세상

_ 허장무

첫눈에 반한 사랑

갑작스러운 열정이 둘을 맺어주었다고
두 남녀는 확신한다.
그런 확신은 분명 아름답지만,
불신은 더욱더 아름다운 법이다.

예전에 서로를 알지 못했으므로
그들 사이에 아무 일도 없었다고 생각한다.
그러나 오래전에 스쳐 지날 수도 있었던
그때 그 거리나 계단, 복도는 어쩌란 말인가?

그들에게 묻고 싶다.
정말로 기억나지 않으냐고 -
언젠가 회전문에서
마주쳤던 순간을?
인파 속에서 주고받던 "죄송합니다"란 인사를?

수화기 속에서 들려오던 "잘못 거셨어요"란 목소리를?
– 그러나 난 이미 그들의 대답을 알고 있다.
아니오, 기억나지 않아요.

이미 오래전부터
'우연'이 그들과 유희를 벌였다는 사실을 알면
그들은 분명 깜짝 놀랄 것이다.

그들은 스스로가 운명이 될 만큼
완벽하게 준비를 갖추지 못했다.
그렇기에 운명은 다가왔다가 멀어지곤 했다.
길에서 예고 없이 맞닥뜨리기도 하면서,
낄낄거리고 싶은 걸 간신히 억누르며,
옆으로 슬며시 그들을 비껴갔다.

신호도 있었고, 표지판도 있었지만

무슨 소용이란 말인가, 제대로 읽지 못했음에야.

어쩌면 삼 년 전,

아니면 지난 화요일,

누군가의 어깨에서 다른 누군가의 어깨로

나뭇잎 하나가 펄럭이며 날아와 앉았다.

누군가가 잃어버린 것을 다른 누군가가 주웠다.

어린 시절 덤불 속으로 사라졌던

바로 그 공인지 누가 알겠는가.

누군가가 손대기 전에

이미 누군가가 만졌던

문고리와 손잡이가 있었다.

수화물 보관소엔 여행 가방들이 서로 나란히 놓여 있다.

어느 날 밤, 깨자마자 희미해져버리는

똑같은 꿈을 꾸다가 눈을 뜬 적도 있었다.

말하자면 모든 시작은
단지 '계속'의 연장일 뿐,
사건이 기록된 책은
언제나 중간부터 펼쳐져 있다.

_ 비스와바 쉼보르스카

취해야 한다

늘 취해 있어야 한다.
핵심은 오직 이것이다.
이것만이 문제다.
어깨를 짓눌러 그대를
한껏 움츠리게 하는
시간의 벅찬 짐을 벗어 버리려면,
언제나 취해 있어야만 하는 것이다.

하지만 무엇에?
술에건, 시에건, 미덕에건, 당신 뜻대로,
다만 취하기만 하라.
그러다가 궁전의 계단에서나,
개울의 푸른 풀 위에서나,
당신의 방 음울한 고독 속에서 깨어나,
취기가 덜어졌거나 이미 가셨거든 물어보라.

바람에게, 물결에게, 별에게, 새에게, 시계에게,
스쳐 가는 모든 존재에게, 울부짖는 모든 것에게,
굴러가는 모든 것, 노래하는 모든 것에게,
말하는 모든 것에게 몇 시냐고 물어보라.
그러면 바람이,
물결이, 별이, 새가, 시계가 대답해 주겠지.
"취할 시간이다!
시간의 궁색한 노예가 되지 않으려면
취하라. 늘상 취해 있으라!
술에건, 시에건, 미덕에건,
당신 뜻대로…"

_ 샤를 피에르 보들레르

울기는 쉽지

울기는 쉽지, 눈물을 흘리기야
날아서 달아나는 시간처럼 쉽지.
그러나 웃기는 어려운 것.
찢어지는 가슴속에 웃음을 짓고
이를 꼭 악물고
돌과 먼지와 벽돌 조각과
끝없이 넘쳐 나는 눈물의 바다 속에서
웃음 짓고 믿으며
우리가 짓는 집에 방을 만들어 나가면,
그리고 남을 믿으면
주위에서 지옥은 사라진다.
웃음은 어려운 것.
그러나 웃음은 삶.
그리고 우리의 삶은 그처럼 위대한 것.

_ 루이스 휘룬베르크

신이 와서

신이 와서 "나는 있다" 할 때까지
너는 기다리기만 해서는 안 된다.
자신의 능력을 스스로 밝히려 하는
그런 신은 의미가 없다.
신은 태초부터 그대의 내면 속에서
바람처럼 존재하고 있음을 알아야 한다.
하여, 네 마음이 알고 비밀을 지킬 때
신은 그 속에서 창조하는 것이다.

_ 라이너 마리아 릴케

아름다움의 비결

매력적인 입술을 갖고 싶으면
친절하게 말하십시오.
사랑스러운 눈을 갖고 싶으면
사람들에게서 좋은 점을 보십시오.
날씬한 몸매를 갖고 싶으면
배고픈 사람들과 음식을 나누십시오.
아름다운 머릿결을 원한다면
하루에 한 번 어린아이에게
그대의 머리칼을 어루만지도록 하십시오.
아름다운 자태를 가지고 싶으면
그대가 결코 혼자가 아님을 기억하며 걸어가십시오.

무엇보다 소중한 존재인 인간은
회복되어야 하고,
새로워져야 하며,

소생되고,

교화되며,

구원받아야 합니다.

결코 그 누구도 버려져서는 안 됩니다.

그대에게 도움의 손길이 필요할 때

당신의 팔 끝에 손이 달려 있다는 것을 기억하십시오.

그대가 나이를 먹어 감에 따라

당신은 두 개의 손이 있다는 것을

알게 될 것입니다.

한 손은 그대 자신을 도와주는 손이고

다른 한 손은 다른 사람들을 도와주기 위한 손입니다.

_ 샘 레벤슨

담쟁이

저것은 벽

어쩔 수 없는 벽이라고 우리가 느낄 때

그때

담쟁이는 말없이 그 벽을 오른다

물 한방울 없고 씨앗 한톨 살아남을 수 없는

저것은 절망의 벽이라고 말할 때

담쟁이는 서두르지 않고 앞으로 나아간다

한 뼘이라도 꼭 여럿이 함께 손을 잡고 올라간다

푸르게 절망을 다 덮을 때까지

바로 그 절망을 잡고 놓지 않는다

저것은 넘을 수 없는 벽이라고 고개를 떨구고 있을 때

담쟁이잎 하나는 담쟁이잎 수천 개를 이끌고

결국 그 벽을 넘는다.

_ 도종환

내 젊음의 초상

지금은 벌써 전설이 되어버린 먼 과거로부터
내 젊음의 초상이 나를 바라보며 묻는다.
지난날 태양의 밝음으로부터
무엇이 반짝이고 무엇이 불타고 있는가를.

그때 내 앞에 비추어진 길은
나에게 많은 번민의 밤과
커다란 변화를 가져왔다.
나는 그 길을 두번 다시 걷고 싶지 않다.

하지만 나는 내 길을 성실하게 걸어왔고
그 추억은 보배로운 것이었다.
잘못도 실패도 많았지만
나는 절대 그것을 후회하지 않는다.

_ 헤르만 헤세

당신으로 인하여

당신으로 인하여 나는
새로운 사람으로 변하고 있어요.
새로운 경험을 하게 되었고
아낌없이 베풀고 받아들이는 것을 배웠지요.

당신의 사랑으로 나는
온전히 서로를 이해하는 너그러움을 갖게 되었어요.
작은 즐거움 하나로 하루 내내 웃을 수 있다는 것도요.

당신은 나의 존재를 인정해 주었고
내가 바르게 성장할 수 있도록 이끌어 주었지요.
나는 당신에게 더 가까이 가기 위해
성장을 게을리하지 않았어요.

나의 사랑으로 인해

당신도 그렇게 되길 진심으로 기도해요.

_ 제니 디터

5월의 마술

작은 씨 하나
뿌렸죠.

흙을 조금
씨가 자라게
조그만 구멍
토닥토닥

잘 자라라고 기도하면
그만이에요.

햇빛을 조금
소나기 조금
세월이 조금
그러고 나면 꽃이 피지요.

_ M. 와츠

사랑은

종은 누군가 그걸 울리기 전에는
종이 아니다.
노래는 누군가 그걸 부르기 전에는
노래가 아니다.
당신 마음속에 있는 사랑도
한쪽으로 치워 놓아서는 안 된다.
사랑은 주기 전에는
사랑이 아니니까.

_오스카 햄머스타인

답

답이 없다는 것도
하나의 답이다.
소박하게 먹고
조심스럽게 말하고
아무에게도 상처 주지 마라.

_호피족

내 곁에
네가 있어

참
다행이다

내가 사랑하는 엄니는 작년 초 당신이 가장 사랑한다던
막내아들인 나마저도 기억에서 지워 버리셨다.
정확하게 말하자면 치매가 엄니의 모든 기억을 앗아가 버렸다.
엄니에게 내가 누구냐고 물으면 엄니는 아무런 대답 없이 먼 곳만을
응시하신다. 가끔 내게 어떤 말씀을 하시지만 알아들을 수 없는 말뿐이다.
치매는 영화나 드라마 속에 나오는 것처럼 그렇게 드라마틱하지 않다.

엄니가 치매라는 병에 걸리며 가장 먼저 한 일은
자신의 이름과 가족의 이름을 기억에서 지우는 것이었다.
그리고 절대로 잊을 수 없을 것이라 여겼던 것들마저 잊기 시작하셨다.
머리 감는 일, 이 닦는 일, 숟가락을 쥐는 법,
사람들과 눈을 마주치는 법 등등⋯⋯.
치매가 발병하고부터 엄니는 하루 종일 거실의 소파에 누워 꼼짝하지
않으셨다. 하루 이틀 사흘 그런 날이 계속되자 말리려고 햇볕에 내 놓은
멸치처럼 엄니의 몸에서는 수분이 점점 사라져 갔고 몸무게도 많이 줄었다.
어느 저녁 늦은 시간에 엄니를 안방의 이부자리로 아버지와 함께
옮겨 눕히는데 오랫동안 참아 왔던 눈물이 왈칵 쏟아졌다.

엄니의 몸이 너무 가볍기도 했지만
건강하실 때 지금처럼 자주 안아 드리지 못했다는 늦은 후회가
가슴을 복받치게 만들었다.
정말이지 나는 엄니의 속을 무던히도 태운 사고뭉치 아들이었다.
그런 아들을 엄니는 늘 따뜻하게 안아 주셨다.
사고를 쳐서 아부지한테 흠씬 두드려 맞을 때도 엄니는 늘 내 편이셨고
나로 인해서 엄니는 늘 죄인이셨다. 지금 돌이켜 보면 나 때문에
엄니의 속이 까맣게 타고 있다는 걸 뻔히 알면서도 모른 체했다.
엄니를 내 못된 삶의 방패막이로 사용했고, 철없는 막내아들은
엄니한테는 그래도 되는 줄 알았다. 하지만 그래서는 안 되는 거였다.
그때 진심으로 엄니한테 미안하다고 말할 걸,
이렇게 못되고 못난 자식 키워 주셔서 감사하다고 말할 걸,
나는 결국 그 많은 시간을 흘려보내고
말할 수 있는 기회를 스스로 놓치고 말았다.

나이를 한 살 더 먹으면 그만큼 후회하는 것도 많아진다.
후회하고 바꾸고 싶지만 제때 전하지 못한 말은 갈 곳이 없다.
생각하면 할수록 그저 가슴만 아플 뿐이다.
그래서 나는 다시는 후회를 남기고 싶지 않기에 아부지한테 말한다.
"아부지 정말 죄송했어요!"
그리고 나 때문에 늘 속 끓이는 아내에게 말한다.
"나랑 살아 줘서 고마워."
어릴 때의 나를 꼭 닮은 사고뭉치 아들에게도 말한다.
"아빠가 너를 사랑하는 거 알지?"
무뚝뚝한 아부지는 겸연쩍은 표정을 지어 보이고,
아내는 "으이그~" 하지만 입은 웃고 있다.
아들은 "나도 아빠 사랑해"라고 말한다.
아무것도 모르는 세상을 살고 계시는 엄니에게도
"엄니, 아들이 엄니를 많이 사랑해요."
라고 말하고 안아 드리면 엄니는 내 말 뜻을 아는지 모르는지
아이처럼 환하게 웃으신다.

그러고 보니 참 다행이다.
참 못할 짓 많이 하고 살았는데
그런 나를 떠나지 않고 내 옆에 남아 준 사람들에게
더 늦기 전에 하고 싶은 말을 할 수 있어서 말이다.

내 곁에 있는 당신,
정말 고맙습니다.

내가 지금 당신을 사랑하는 것은

내가 당신을 사랑하는 것은
그저 당신이 당신이어서이기도 하지만
당신 곁에서 내가
또 다른 나로 변하기 때문입니다.

내가 당신을 사랑하는 것은
내 삶의 목재로
헛간이 아니라 신전을 짓도록 도와주고,
내가 날마다 하는 일을 비난하지 않고
노래가 되도록 도와주기 때문입니다.

내가 당신을 사랑하는 것은
어떤 신보다도
나를 더욱 선하게 만들었고
어떠한 운명보다도

나를 더 행복하게 만들었기 때문입니다.

손도 대지 않고 말 한마디 없이
기적도 없이 당신은 이 모든 것을 해냈습니다.
당신이 자기 자신에게 충실했기 때문에
가능한 일이었습니다.
어쩌면 그런 것이
참된 친구인지도 모르겠습니다.

_ 로리 크로프트

신이 아이들을 보내는 이유

신이 우리에게 아이들을 보낸 까닭은
시합에서 일등을 만들라고 보내는 것이 아니다.

우리의 마음을 더 열게 하고
우리를 덜 이기적이게 하고
더 많은 친절과 사랑으로
우리 존재를 채우기 위해서다.
우리 영혼에게 더 높은 목적을 일깨우기 위해서다.

신이 우리에게 아이들을 보낸 까닭은
신께서 아직 포기하지 않았다는 뜻이다.
여전히 우리에게 희망을 걸고 있다는 뜻이다.

_ 메리 보탐 호위트

사랑

여름이 뜨거워서 매미가
우는 것이 아니라 매미가 울어서
여름이 뜨거운 것이다

매미는 아는 것이다
사랑이란, 이렇게
한사코 너의 옆에 붙어서
뜨겁게 우는 것임을

울지 않으면 보이지 않기 때문에
매미는 우는 것이다

_ 안도현

가을밤

마늘과 꿀을 유리병 속에 넣어 가두어두었다 두 해가 지나도록 깜박 잊
었다 한 숟가락 뜨니 마늘도 꿀도 아니다 마늘이고 꿀이다

당신도 저렇게 오래 내 속에 갇혀 있었으니 형과 질이 변했겠다

마늘에 연하고 꿀에 연하고 시간에 연하고 동그란 유리병에 둘러싸여
마늘 꿀절임이 된 것처럼

내 속의 당신은 참 당신이 아닐 것이다 변해버린 맛이 묘하다

또 한 숟가락 나의 손과 발을 따뜻하게 해줄 마늘꿀절임 같은 당신을,

가을밤은 맑고 깊어서 방 안에 연못 물 얇아지는 소리가 다 들어앉는다

_ 조용미

상처가 나를 살린다

모서리를 돌아서다가 튀어 나온 돌멩이를 보지 못하고 무릎이 찍혔다 아직 손등의 상처가 다 아물지 않았는데 몇 방울 피 맺힌 것을 보고 아내는 칠칠맞다고 했다 나는 몸에 큰 흉터 있으면 오래 살 거라던 점쟁이의 말을 들어 다 내가 살아 남으려고 액땜한 거라 말했다 기억의 아슴한 산모롱이를 돌아 나올 때부터 지금까지 몸의 어디건 상처 하나는 가지고 살아왔다

뒤돌아보면 상처의 길이 아득하다 지나간 희망이나 사랑은 모두 내 몸에 붉은 금을 그었다 아프다 내 오랜 사랑인 그대를 생각하면 세상을 다시 살고 싶어진다 아픈 것이 어디 내 몸뿐이랴 내 발에 채인 돌은 느닷없는 발길질에 얼마나 놀랐을까 나와 만나 깨어지거나 버려진 자들은 얼마나 많았던가 나와 만나면 모든 것이 망가졌다 타버린 담배 폐차된 자동차 망가진, 그대

으스러지거나 커다란 흉터가 남은 게 아닌데

작은 상처에 아파했던 것은
죄스러운 일이다 혼자인 밤이면
상처 입은 짐승들이
주위를 가득 채운다

따뜻하다

_ 이대흠

삶이 너에게 해답을 가져다줄 것이다

생각으로는 문제를 풀 수 없다.

오히려 문제를 더욱 복잡하게 만들 뿐

해답은 언제나 스스로 우리를 찾아온다.

복잡한 생각에서 한 걸음 벗어나

고요함 속에 진정으로 존재하는

바로 그 순간에 온다.

비록 찰나에 지나지 않는다 할지라도

그 순간 해답을 얻게 된다.

지나치게 깊은 생각에서 벗어나라.

그러면 모든 것이 변하리라.

자신을 남과 비교하거나

더 많은 것을 이루려 애쓰지 마라.

모든 이를 있는 그대로의 모습으로 받아들여라.

그들을 변화시킬 필요가 없다.

당신이 행복해지기 위해,
그들을 이용할 필요가 없다.

미래에 대한 생각으로
불충분한 자신의 존재가 완벽해지기를 꿈꾸지 마라.
강박관념에 사로잡혀 더 많은 것을 추구하려 할 뿐이다.
불행해지는 방법에는 두 가지가 있다.
원하는 것을 갖지 못하는 것과
원하는 것을 모두 갖는 것이다.

_ 에크하르트 톨레

그래도라는 섬이 있다

가장 낮은 곳에
젖은 낙엽보다 더 낮은 곳에
그래도라는 섬이 있다
그래도 살아가는 사람들
그래도 사랑의 불을 꺼트리지 않는 사람들

세상에서 가장 아름다운 섬, 그래도,
어떤 일이 있더라도
목숨을 끊지 말고 살아야 한다고
천사 같은 김종삼, 박재삼,
그런 착한 마음을 버려선 못쓴다고

부도가 나서 길거리로 쫓겨나고
인기 여배우가 골방에서 목을 매고
뇌출혈로 쓰러져

말 한마디 못해도 가족을 만나면 반가운 마음,
중환자실 환자 옆에서도
힘을 내어 웃으며 살아가는 가족들의 마음속

그런 사람들이 모여 사는 섬, 그래도
그런 마음들이 모여 사는 섬, 그래도
그 가장 아름다운 것 속에
더 아름다운 피 묻은 이름,
그 가장 서러운 것 속에 더 타오르는 찬란한 꿈

누구나 다 그런 섬에 살면서도
세상의 어느 지도에도 알려지지 않은 섬,
그래서 더 신비한 섬,
그래서 더 가꾸고 싶은 섬 그래도,
그대 가슴속의 따스한 미소와 장밋빛 체온

이글이글 사랑과 눈이 부신 영광의 함성

그래도라는 섬에서
그래도 부둥켜안고
그래도 손만 놓지 않는다면
언젠가 강을 다 건너 빛의 뗏목에 올라서리라,
어디엔가 걱정 근심 다 내려놓은 평화로운
그래도 거기에서 만날 수 있으리라

_ 김승희

마루

마른 걸레로 거실을 닦으며
얇게 묻은 권태와 시간을
박박 문질러 닦으며
미국산 수입 자작나무를 깐
세 평의 근심 걱정을 닦으며
지구 저쪽의 한밤중 누워 잠든
조카딸의 잠도 소리 없이 닦아준다.
다 해진 내 영혼의 뒤켠을
소리 없이 닦아주는 이는
누구일까.
그런 걸레 하나쯤
갖고 있는 이는 누구일까.

_ 노향림

그 사람을 가졌는가

만릿길 나서는 길
처자를 내맡기며
맘놓고 갈 만한 사람
그 사람을 그대는 가졌는가

온 세상 다 나를 버려
마음이 외로울 때에도
'저 맘이야' 하고 믿어지는
그 사람을 그대는 가졌는가

탔던 배 꺼지는 시간
구명대 서로 사양하며
"너만은 제발 살아다오" 할
그 사람을 그대는 가졌는가

불의의 사형장에서
"다 죽여도 너희 세상 빛을 위해
저만은 살려두거라" 일러줄
그 사람을 그대는 가졌는가

잊지 못할 이 세상을 놓고 떠나려 할 때
"저 하나 있으니" 하며
빙긋이 웃고 눈을 감을
그 사람을 그대는 가졌는가

온 세상의 찬성보다도
"아니" 하고 가만히 머리 흔들 그 한 얼굴 생각에
알뜰한 유혹을 물리치게 되는
그 사람을 그대는 가졌는가

_ 함석헌

방문객

사람이 온다는 건
실은 어마어마한 일이다.
그는
그의 과거와
현재와
그리고
그의 미래와 함께 오기 때문이다.
한 사람의 일생이 오기 때문이다.
부서지기 쉬운
그래서 부서지기도 했을
마음이 오는 것이다 - 그 갈피를
아마 바람은 더듬어볼 수 있을
마음,
내 마음이 그런 바람을 흉내낸다면
필경 환대가 될 것이다.

_ 정현종

서른아홉

사십이 되면
더 이상 투덜대지 않겠다
이제 세상 엉망인 이유에
내 책임도 있으니
나보다 어린 사람들에게
무조건 미안하다
아침이면 목 잘리는 꿈을 깨고
멍하니 생각한다
누가 나를 고발했을까
더 나빠지기 전에
거사 한 번 해보자던 일당들은 사라지고
나 혼자 남아
하루 세 시간 출퇴근하고
열두 시간 일하고
여섯 시간 자고

남은 세 시간으로

처자식을 보살핀다

혁명도 없이 지나가는 서른 아홉

지루하기도 하다

_ 전윤호

그런 길은 없다

아무리 어두운 길이라도
나 이전에
누군가는 이 길을 지나갔을 것이고,

아무리 가파른 길이라도
나 이전에
누군가는 이 길을 통과했을 것이다.

아무도 걸어가 본 적이 없는
그런 길은 없다.

나의 어두운 시기가
비슷한 여행을 하는
모든 사랑하는 사람들에게
도움을 줄 수 있기를.

_ 베드로시안

고슴도치는 함함하다

나는 고슴도치가 슬프다

온몸에 바늘을 촘촘히 꽂아놓은 것을 보면 슬프다

그렇게 하고서 웅크리고 있기에 슬프다

저 바늘들에도 밤이슬 맺힐 것을 생각하니 슬프다

그 안에 눈 있고 입 있고 궁둥이 있을 것이기에 슬프다

그 몸으로 제 새끼를 끌어안기도 한다니 슬프다

아니다 아니다

제 새끼를 포근히 껴안고 잠을 재우기도 한다니

나는 고슴도치가 함함하다.

_ 신현정

편지

　그대만큼 사랑스러운 사람을 본 일이 없다 그대만큼 나를 외롭게 한
이도 없었다 이 생각을 하면 내가 꼭 울게 된다

　그대만큼 나를 정직하게 해준 이가 없었다. 내 안을 비추는 그대는
제일로 영롱한 거울, 그대의 깊이를 다 지내가면 글썽이는 눈매의
내가 있다. 나의 시작이다

　그대에게 매일 편지를 쓴다
　한 구절 쓰면 한 구절을 와서 읽는 그대, 그래서 이 편지는 한 번
도 부치지 않는다

　_ 김남조

운다

울고 있을 때 전화가 울려
눈시울을 눈물로 적신 채
상대의 농담에 나는 웃었다

내가 운 이유는 통속 소설의 통속적인 한 줄 때문이지만
하지만 울 수 있다는 것에 나는 구원받아
덕분에 웃었을지도 모른다

웃으며 전화를 끊은 뒤 담배에 불을 댕기고
나는 내 감정에 대해 생각했다.
그것을 뭐라고 이름 지을 수 있을까 하고

끝내 이름 짓지는 않았다
창밖에서는 찬바람이 신음하고
난 이제 더 이상 계절의 시어를 갖고 있지 않다

나를 묶는 제도 속에서

감정은 출구를 잃고

그 모든 것이 분노를 띠어오지만

그것조차 나의 것인지 분명치 않다

눈시울은 이미 말라

맹목적으로 살고 있다는 사실만이 남아 있다

_ 다니카와 슈운타로

하나

내 뒤에서 걷지 말라.

나는 지도자가 되고 싶지 않으니까.

내 앞에서 걷지 말라.

나는 추종자가 되고 싶지 않으니까.

내 옆에서 걸으라.

우리가 하나가 될 수 있도록.

_ 유트족

살아남아 고뇌하는 이를 위하여 1

술이야 언젠들 못 마시겠나.
취하지 않았다고 못 견딜 것도 없는데
술로 무너지려는 건 무슨 까닭인가.
미소 뒤에 감추어진 조소를 보았나.
가난할 수밖에 없는 분노 때문인가.
그러나 설령 그대가 아무리 부유해져도
하루엔 세 번의 식사만 허용될 뿐이네.
술인들 안 그런가,
가난한 시인과 마시든 부자든 야누스 같은
정치인이든 취하긴 마찬가지인데
살아남은 사람들은 술에도 계급을 만들지.

세상살이 누구에게 탓하지 말게.
바람처럼 허허롭게 가거나.
그대가 삶의 깊이를 말하려 하면

누가 인생을 아는 척하려 하면 나는 그저 웃는다네.
사람들은 누구나 비슷한 방법으로 살아가고
살아남은 사람들의 죄나 선행은 물론
밤마다 바꾸어 꾸는 꿈조차 누구나 비슷하다는 걸
바람도 이미 잘 알고 있다네.

_ 칼릴 지브란

타인의 아름다움

타인에게서 가장 좋은 점을 찾아내
그에게 이야기해 주십시오.
우리들은 누구나 그것이 필요합니다.
우리는 타인의 칭찬 속에 자라 왔습니다.
그리고 그것이 우리를 더욱 겸손하게 만들었습니다.

사람은 누구나 근본적으로 위대하고 훌륭합니다.
누군가를 아무리 칭찬한다 해도 지나치지 않습니다.
타인 속에 있는 위대함과 아름다움을
발견하는 눈을 기르십시오.

그리고 찾아내는 대로
그에게 이야기해 줄 수 있는 힘을 기르십시오.

_ 메리 헤스켈

길가에 혼자 뒹구는 저 작은 돌

길에서 혼자 뒹구는 저 작은 돌
얼마나 행복할까요.
세상 출세는 아랑곳없고
급한 일 일어날까 걱정도 없어요.
어느 우주가 지나가다
자연의 갈색 옷을 입혀 줬고요.
나홀로 빛나는 태양처럼
다른 데 의지하지 않고
꾸미지 않고 소박하게 살면서
하늘의 뜻을 온전히 따르네요.

_ 에밀리 디킨슨

몽수리 공원

천년만년이 걸릴지라도
그대가 내게 입맞춤하고
내가 그대에게 입맞춤하는
그 영원한 순간은
다 말하지 못하지.

겨울 햇살이 내리쬐는 아침
몽수리 공원은 파리의 안
파리는 지구의 한 도시
그리고 지구는 수많은 별들 가운데 하나.

_자크 프레베르

가려워진 등짝

오월, 아름답고 좋은 날이다
작년 이맘때는 실연을 했는데
비 내리는 우체국 계단에서
사랑스런 내 강아지 짜부가
위로해주었지
'괜찮아 울지 마 죽을 정도는 아니잖아'
짜부는 넘어지지 않고
계단을 잘도 뛰어 내려갔지
나는 골치가 아프고
다리에 힘이 풀려서
'짜부야 짜부야
너무 멀리 가지 말라고
엄마가 그랬을 텐데!'
소리치기도 귀찮아서
하늘이 절로 무너져 내렸으면

하고 바랐지

작년 이맘때에는

짜부도 나도

기진맥진한 얼굴로

시골집에 불쑥 찾아가

삶은 옥수수를 먹기도 했지

채마밭에 앉아

병색이 짙은 아빠의 얼굴을 쓰다듬으며

'괜찮아 걱정하지 마 아직은 안 죽어'

배시시 웃다가

검은 옥수수 알갱이를

발등에 흘렸었는데

어느덧 오월,

아름답고 좋은 날이 또다시 와서

지나간 날들이 우습고

간지러워서

백내장에 걸린 늙은 짜부를 들쳐 업고

짜부가 짜부가

부드러운 앞발로

살 살 살 등짝이나 긁어주었으면

하고 바랐지.

_ 황병승

212

|

빈말

너는 입술에 침도 안 바르고

쉽게 던졌는지 모르지만

난 입술에 침 발라가며

꼭꼭 씹어본다

팥소가 꽉 찬 찐빵 하나 만큼 달다

_ 이인원

비빔밥

혼자일 때 먹을거리치고 비빔밥만한 게 없다
여러 동무들 이다지 다정히도 모였을까
함께 섞여 고추장에 적절히 버물려져
기꺼이 한 사람의 양식이 되러 간다
허기 아닌 외로움을 달래는 비빔밥 한 그릇
적막한 시간의 식사
나 또한 어느 큰 대접 속 비빔밥 재료인 줄 안다
나를 잡수실 세월이여, 그대도 혼자인가
그대도 내가 반가운가.

_ 고운기

금강

금강 근처에 살 때에는 강이 낯설어서
강가에 서기가 두려웠다
강가에 가면 강의 깊이와 만날 수 있을까
강을 찾아 가다가
중도에서 포기하기가 여러 번이었다

가만히 앉아서 강을 생각하면
강은 참으로 보고 싶다
강가에서 멀리 이사를 오고
결혼을 하고
아이를 하나 얻었다
그러나 강은 아직도 낯설고 두렵다
이제 강을 찾아가도 될 때라면
한번 용기를 내야 하겠다
두려움은 피할수록 커지는 것
어서 강과 만나 늦은 이유를 말해야 하겠다.

_ 안홍렬

행복한 혁명가

쿠바를 떠날 때,
누군가 나에게 이렇게 말했다.

당신은 씨를 뿌리고도
열매를 따먹을 줄 모르는
바보 같은 혁명가라고.

나는 웃으며 그에게 말했다.

그 열매는 이미 내 것이 아닐뿐더러
난 아직 씨를 뿌려야 할 곳이 많다고.
그래서 나는 행복한 혁명가라고.

_ 체 게바라

견딜 수 없는 사랑은 견디지 마라

견딜 수 없는 날들은 견디지 마라
견딜 수 없는 사랑은 견디지 마라

그리움을 견디고 사랑을 참아
보고 싶은 마음, 병이 된다면
그것이 어찌 사랑이겠느냐
그것이 어찌 그리움이겠느냐

견딜 수 없이 보고 싶을 때는 견디지 마라
견딜 수 없는 사랑은 견디지 마라

우리 사랑은 몇 천 년을 참아 왔느냐
참다가 병이 되고 사랑하다 죽어버린다면
그것이 사랑이겠느냐
사랑의 독이 아니겠느냐

사랑의 죽음이 아니겠느냐

사랑이 불꽃처럼 타오르다 연기처럼 사라진다고 말하지 마라

사랑은 살아지는 것

죽음으로 완성되는 사랑은 사랑이 아니다

머지않아 그리움의 때가 오리라

사랑의 날들이 오리라

견딜 수 없는 날들은 견디지 마라

견딜 수 없는 사랑은 견디지 마라

_ 강제윤

언제인가 한 번은

우지마라 냇물이여,
언제인가 한 번은 떠나는 것이란다.
우지마라 바람이여,
언제인가 한 번은 버리는 것이란다.
계곡에 구르는 돌멩이처럼,
마른 가지 흔들리는 나뭇잎처럼
삶이란 이렇듯 꿈꾸는 것.
어차피 한 번은 헤어지는 길인데
슬픔에 지치거든 나의 사람아,
청솔 푸른 그늘 아래 누워
소리 없이 흐르는 흰 구름을 보아라.
격정에 지쳐 우는 냇물도
어차피 한 번은 떠나는 것이란다.

_ 오세영

비

저처럼
종종걸음으로
나도
누군가를
찾아나서고
싶다……

_ 황인숙

내 사랑하는 이여

우리 서로에게 부드럽게 대해요, 사랑하는 이여
오랜 세월 바람에 떠돌던 별들 아래
지쳐 주체할 수 없이 외로우니
우리 서로에게 다정하게 대해요.

하지만 사랑의 숭고한 말들을
함부로 말하지는 말아요.
피할 수 없는 슬픔을 싣고 다니는 바람에
수많은 가슴들이 괴로워해야 할지 모르잖아요.

우리 마치 오래된 숲길을 떠도는 공기 방울 같이
모든 것이 불확실하니
어찌 알 수 있을까요.
오직 바람만이 알 수 있지요, 내 사랑하는 이여.

우리 외로우니

서로 머리 기대고 살아요.

오래전부터 불어오던 바람 안에 침묵하면서

마지막 아껴 두었던 꿈을 함께 나눠요.

수많은 사랑이 바람에 갈 길을 잃어버리고

바람이 원하는 걸 우린 알지 못해요.

그러니 다시 서로를 잃어버리기 전에

우리 서로에게 부드럽게 대해요, 내 사랑하는 이여.

_R. 홀스트

파도의 말

울고 싶어도
못 우는 너를 위해
내가 대신 울어줄게
마음놓고 울어줄게

오랜 나날
네가 그토록
사랑하고 사랑받은
모든 기억들
행복했던 순간들

푸르게 푸르게
내가 대신 노래해줄게

일상이 메마르고

무디어질 땐

새로움의 포말로

무작정 달려올게

_이해인

저녁에

저렇게 많은 중에서
별 하나가 나를 내려다본다
이렇게 많은 사람 중에서
그 별 하나를 쳐다본다

밤이 깊을수록
별은 밝음 속에 사라지고
나는 어둠 속에 사라진다

이렇게 정다운
너 하나 나 하나는
어디서 무엇이 되어
다시 만나랴

_ 김광섭

오래된 기도

가만히 눈을 감기만 해도
기도하는 것이다.

왼손으로 오른손을 감싸기만 해도
맞잡은 두 손을 가슴 앞에 모으기만 해도
말없이 누군가의 이름을 불러주기만 해도
노을이 질 때 걸음을 멈추기만 해도
꽃 진 자리에서 지난 봄날을 떠올리기만 해도
기도하는 것이다.

음식을 오래 씹기만 해도
촛불 한 자루 밝혀놓기만 해도
솔숲을 지나는 바람 소리에 귀기울이기만 해도
갓난아기와 눈을 맞추기만 해도
자동차를 타지 않고 걷기만 해도

섬과 섬 사이를 두 눈으로 이어주기만 해도
그믐달의 어두운 부분을 바라보기만 해도
우리는 기도하는 것이다.
바다에 다 와가는 저문 강의 발원지를 상상하기만 해도
별똥별의 앞쪽을 조금 더 주시하기만 해도
나는 결코 혼자가 아니라는 사실을 받아들이기만 해도
나의 죽음은 언제나 나의 삶과 동행하고 있다는
평범한 진리를 인정하기만 해도

기도하는 것이다.
고개 들어 하늘을 우러르며
숨을 천천히 들이마시기만 해도.

_ 이문재

이제는 더 이상 헤매지 말자

이제는 더 이상 헤매지 말자.
이토록 늦은 한밤중에
지금도 가슴속에 사랑이 충만하고
지금도 달빛은 환하지만.
칼을 쓰면 칼집이 해어지고
정신을 쓰면 가슴이 헐고
심장도 숨 쉬려면 쉬어야 하고
사랑도 때로는 쉬어야 하니.
밤은 사랑을 위해 있으나
낮은 너무 빨리 돌아오는 법.
이제는 더 이상 헤매지 말자.
아련히 흐르는 달빛 아래에서도.

_ 조지 고든 바이런

그대 앞에 봄이 있다

우리 살아가는 일 속에

파도치는 날 바람 부는 날이

어디 한두 번이랴

그런 날은 조용히 닻을 내리고

오늘 일을 잠시라도

낮은 곳에 묻어두어야 한다

우리 사랑하는 일 또한 그 같아서

파도치는 날 바람 부는 날은

높게 파도를 타지 않고

낮게 낮게 밀물져야 한다

사랑하는 이여

상처받지 않은 사랑이 어디 있으랴

추운 겨울 다 지내고

꽃필 차례가 바로 그대 앞에 있다

_ 김종해

出處

238

240

박광수

사람과 세상을 향한 가슴 따뜻한 이야기를 담은 '광수생각'으로 평범한 사람들의 일상을 감동적으로 그려낸 대한민국 대표 만화가. 『광수생각』 외에도 『참 서툰 사람들』, 『살면서 쉬웠던 날은 단 하루도 없었다』, 『어쩌면, 어쩌면, 어쩌면.』, 『광수 광수씨 광수놈』, 『나쁜 광수생각』 등의 책을 썼다.

초판 1쇄 발행 2015년 9월 24일
32쇄 발행 2024년 1월 2일

지은이 박광수
그린이 박광수

발행인 이재진 **단행본사업본부장** 신동해
마케팅 최혜진 이은미
홍보 반여진 허지호 정지연 송임선 **제작** 정석훈

브랜드 걷는나무
주소 경기도 파주시 회동길 20
문의전화 031-956-7213 (편집) 02-3670-1123 (마케팅)
홈페이지 www.wjbooks.co.kr
인스타그램 www.instagram.com/woongjin_readers
페이스북 www.facebook.com/woongjinreaders
블로그 blog.naver.com/wj_booking

발행처 ㈜웅진씽크빅
출판신고 1980년 3월 29일 제 406-2007-000046호

문득 사람이 그리운 날 혼자 헤매이를 읽는다